Yo puedo seguir

por Molly Smith • ilustrado by Julia Patton

—¡Ana! —grité al otro lado del cuarto—.
¿Quieres jugar conmigo?

—Recuerda las reglas, Eva —dijo la señorita Luz—. Habla bajito, por favor.

Reglas del salón

1. Habla en voz baja.
2. Camina, no corras.
3. Escucha a los demás.
4. Espera tu turno y comparte.
5. Sé amable con los demás.

Y corrí a hablar con Ana.

—Despacio, Eva —dijo la señorita
Luz—. No corras.

—Reglas, reglas, reglas —murmuré yo—.
No nos permiten hacer *nada*.

—Nos permiten jugar con disfrazes —dijo Ana—. Toma. Tú puedes ser la heroína.

Ana se colocó bajo los bloques.

—¡Auxilio, Súper Eva! —llamó.

Llegué corriendo súper rápido. Luego traté de
dar un súper salto por encima
de la casita de muñecas.

Mi súper pie tropezó con el tejado.
¡Trac! ¡Trac!

La señorita Luz se acercó.

—¿Qué sucedió? —preguntó.

—Yo era Súper Eva y estaba corriendo.
Luego salté y después me caí —expliqué yo.

—Queremos que te diviertas —dijo la señorita Luz—. Pero si no sigues las reglas, te puedes lastimar.

—Lo siento —respondí—. Seguiré las reglas.

—¡Sé que puedes hacerlo! —dijo la señorita.

Luego Ana me dio un gran abrazo y recordé nuestra última regla del salón.

Sé amable con los demás.

Esa es la mejor regla de todas.

Reglas del salón

1. Habla en voz baja.

2. Camina, no corras.

3. Escucha a los demás.

4. Espera tu turno y comparte.

5. Sé amable con los demás.